KB087896

이상한 용손 이야기

곽재식 소설 — 조원희 그림

이상한 용손 이야기

창비

1

　내가 용의 자손이라는 것을 알게 된 때는 초등
학교 6학년 때였던 것 같다. 처음이라고 확신해서
말하지 못하는 이유는 그 전에도 내가 용의 자손이
라는 사실을 들은 적이 있었기 때문이다.

　네 살인가 다섯 살 때, 어머니와 아버지가 사십
분 넘게 부부 싸움을 하더니 어머니가 열받아서 확

집을 나간 적이 있었다. 그때 내가 울고 있으니까 아버지가 나를 업어 달래면서,

"에휴, 내가 어쩌다가 저런 용 반 인간 반인 사람이랑 결혼했을까."

라고 혼자 중얼중얼 신세 한탄을 했다.

아버지는 내가 그 말을 알아듣지 못할 줄 알고 무심코 중얼거린 것이었다. 하지만 나는 기억이 난다. 그 말도 기억이 나고 문득 소나기가 내리던 그날의 날씨도 기억이 난다. 주위가 어두컴컴해지도록 큰 소리로 비가 내렸고, 나는 울고, 아버지가 중얼중얼하던 그날의 장면은 내가 갖고 있는 거의 최초의 기억이다.

물론 처음에는 그 말을 믿지 않았다. 정말로 내

가 용의 자손일 리는 없다고 생각했다. "용 반 인간 반"이라는 말이 말뜻 그대로가 아니라 일종의 관용적인 표현이라고 생각했다. '반짐승 같다'와 어감이 비슷한 표현이라고 여겼다. 그 말을 들은 그때에는 용이 뭔지도 잘 몰랐고 시간이 흘러 용이 뭔지 알게 된 후에도 그냥 사납고 무서운 동물의 상징으로 아버지가 고른 비유라고 생각했다.

아버지는 어머니와 있을 때 확실히 조금 어리벙벙한 데가 있어서, 유난히 말을 더듬는 편이었다. 그러다 보면 말이 꼬여서 엉뚱한 말을 잘 하기도 했다. 예를 들어 부부 싸움 중에 자기의 억울함을 따진답시고,

"그건 네가 그때 그거 할 때 그 저거 하니까 그렇지!"

라고 말하는데, 그런 말이 도대체 무슨 조그마한 도움이라도 되겠는가? 그러니, 그날 한숨을 쉬며 "용 반 인간 반"이라고 했던 것도 그와 비슷한 무의미한 말이었다고 생각한 것이다.

*

그런데 시간이 지날수록 나는 이상한 일들을 발견했다. 문득 텔레비전 애니메이션에 나온 용을 보다가 생각이 나서, 아버지에게

"아빠, 용 반 인간 반이 뭐야?"

라고 묻자 아버지는 지나치게 놀랐다.

"너, 그 말 어디서 들었어?"

"아빠가 옛날에 그런 말 했잖아."

"옛날? 옛날 언제? 얼마나 옛날에? 옛날이면, 현대가 아니라는 건가? 제1차 세계 대전 이전에?"

아버지는 몹시 허둥거리며 자신은 그런 말을 한 적이 없고 내가 잘못 들은 거라고 부정했다. 그날 하루 종일 안절부절못하더니 용 같은 데 관심 두지 말라는 내용을 나에게 주입하려고 애썼는데, 자기 전에는 이런 말까지 했다.

"만약에, 혹시라도, 정말로 어떤 사람이 누가 용

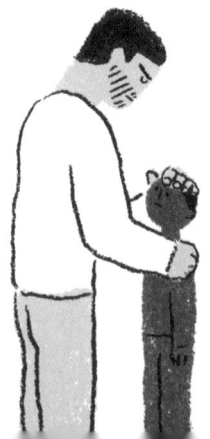

의 자손이라고 해 봐라. 물론 그런 건 세상에 없지. 과학적으로도 불가능하고. 그래도 하여간 너보고 누가 용의 자손이냐고 물으면, 절대로 그렇다고 대답하면 안 돼. 신기한 동물을 발견했다면서 사람들이 너를 잡아다 실험실에 가둬 놓고 실험을 할 거란 말이야. 우리 아기 누가 잡아 가면 아빠는 슬퍼서 어떻게 살아."

그렇게 말하면서 "다시는 용, 그런 이야기 하지마. 알겠지?" 하고 몇 번씩 다짐을 받더니, 눈물까지 글썽글썽하는 것이었다. 그 모습은 어머니와 부부 싸움을 하다 완전히 망했을 때보다 더 불쌍해 보여서, 나는 더 묻지 않기로 했다.

그러고 나서 여섯 살 때인가 처음 가족끼리 바닷가에 놀러 갔을 때, 나는 누가 가르쳐 주지도 않았는데 내가 수영을 굉장히 잘한다는 사실을 발견했다. 어머니도 마찬가지였다. 우리는 잠수도 잘했다. 물속에서 눈을 뜨는 것 역시 조금의 어려움도 없었다. 게다가 나는 어지간한 어른보다 더 물속에서 숨을 오래 참을 수 있었다. 어머니는 몇십 년 경력의 해녀만큼이나 숨을 잘 참았다.

한참 물속에서 놀다가 나오면서, 나는 어머니의

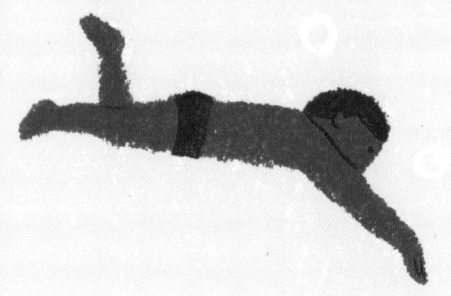

등에 이상한 모양이 나 있는 것을 보았다. 그것은 손톱만 한 크기였는데 자세히 보니 파충류의 비늘과 모양이 비슷했다. 문득 텔레비전 애니메이션에서 보았던 용의 비늘과 비슷하다는 생각이 떠올랐다.

나는 아버지에게 뛰어갔다. 어머니나 나와는 달리 전혀 수영을 못 하는 아버지는 해변에 누워 물에서 노는 우리를 구경하다가 꾸벅꾸벅 졸던 참이었다.

"아빠, 엄마 등에 이상한 거 뭐야?"

내가 말하자, 아버지는 갑자기 잠에서 번쩍 깼다. 그러고는 다시 그 어리벙벙한 모습으로 얼토당토않게 이리저리 말을 둘러대기 시작했다. 나는 너무 답답해서 어머니에게 직접 물어보았다. 그러자 어머니는 살짝 흘러내린 수영복을 끌어 올려 그 비늘 모양을 감추었다. 그러고는,

"이거 어릴 때 수술 자국이야. 켈로이드 흉터라는 게 생겨서 모양이 좀 이상하게 된 거야."

라고 대수롭지 않게 말했다.

내가 다시 물에 들어갔을 때 두 분은,

"애한테 왜 그런 걸 보여 주고 그래?"

"내가 일부러 그랬어?"

라며 말다툼을 했는데, 아무래도 심상치 않은 것 같았다.

얼마 후, 나는 내 등에도 비슷한 비늘 같은 것이 있다는 사실을 알아냈다. 등을 거울에 비추고 고개를 최대한 돌리면 겨우 보이는 위치였다. 이번에도 아버지는 그런 거 없다고 부정하려고 했는데, 내가 핸드폰 카메라로 정확히 그것을 촬영해 들이밀자 아버지는 또 횡설수설하며 둘러댔다.

"너 태어날 때, 엄마 수술하다가 잘못해서 네 등에도 상처가 났어.

그때 생긴 흉터야.”

　나중에 어머니가 나타나 그렇게 설명하고 나서야, 나는 수긍하고 더 이상 묻지 않았다. 그러나 그날 아버지가 곤혹스러워하던 모습은 분명 정상이 아니었다.

*

　내가 용의 자손이라는 것을 확신한 날은 초등학교 6학년, 소풍날 직후였다. 나는 어렸을 때부터 소풍 전날에 설레는 마음이 들기만 하면 꼭 소풍날에 비가 왔다.

　“나는 꼭 소풍날만 되면 비가 와.”

"야, 다들 그런 소리 해. 그냥 심리적인 거야."

"심리적인 게 뭔데?"

"마음이 그렇게 느끼는 거라고. 과학적으로 따져 보면, 소풍날 비가 올 때도 있고 안 올 때도 있단 말이야. 그런데 소풍날 비가 안 오면 그냥 평범한 소풍이라서 별 기억에 안 남잖아. 소풍날 비가 와 봐, 그러면 너무 안타깝고 싫잖아. 그래서 그날 기억은 머릿속에 강하게 남는다고. 나중에 시간이 지나면 그렇게 머릿속에 강하게 남은 것만 주로 기억나서 꼭 소풍날은 매번 비가 온 거 같다니까. 다 그런 효과야. 이게 확증 편향이라는 건데 말이야……."

그러고 나서 아버지는 꿈으로 미래를 예측할 수 있다든가, '오늘의 운세'가 잘 맞는 느낌이 든다든가 하는 것도 다 같은 원리라고 이야기했는데, 애

초에 이해하기도 어려웠지만 지나치게 장황해서 적당히 이해한 듯한 모습을 연기해 준 뒤 대화를 그만두었다.

그런데 그해에는 장기 자랑으로 연습한 춤을 선보일 생각에 소풍 전날 유난히 긴장이 되었던 것이다. 그날 소풍 때도 비가 내렸다. 아무래도 이상하다는 생각이 들었다. 기분 때문에 생긴 착각일 수도 있다는 아버지의 이야기를 떠올렸다. 나는 정말 그런지 따져 보기로 했다.

학교 홈페이지에 들어가서, 지난 육 년간의 소풍에 관한 공지 기록을 다 찾았다. 그리고 기상청 사이트에 들어가서, 그날 날씨를 다 찾아내려고 했다. 이 년 전보다 더 지난 결과는 나오지 않았지만 나는 포기하지 않고 기상청에 직접 찾아가서 날씨 통계 보고서를 살펴보았다. 결과는 아버지의 패배

였다. 전부 다 비가 왔다. 내가 소풍을 간 날에는 정말로 매번 꼬박꼬박 비가 온 것이 맞았다.

얼마 뒤, 학교 수업 시간에 또 다른 실마리를 얻을 수 있었다. 옛날에는 비가 안 올 때 용에게 기우제를 지내 비를 기원하는 풍습이 있었다는 것이다. 용은 비를 내리게 하는 힘이 있다는 이야기였다.

"조선 시대에는 용과 호랑이가 서로 다툰다고 생각해서, 비를 기원하기 위해 호랑이 머리를 용이 산다는 물속에 던졌다고 합니다."

한 아이가 그렇게 발표했다. 쉬는 시간이면 중학교나 고등학교 문제집을 펴서 푸는 척하지만 실제로 풀 줄은 모르는 이상한 놈이었는데, 그날만은 그 아이의 얼토당토않은 말이 가슴을 헤집었다.

뭔지 알 것 같았다. 나는 용의 자손이고 내가 감정이 크게 흔들리면, 그때 비가 오는 것이다. 그래서 소풍 날이 되어 내가 설레는 감정에 빠지면, 그날 비가 오는 것이다. 그러고 보면 조선시대 사람들도 참 골치 아픈 인간들이었다. 내가 용이 아니라 하더라도 인간적으로 생각해 보자. 눈앞으로 갑자기 호랑이 머리가 홱 날아오면 얼마나 놀라고 감정이 요동치겠는가.

나는 그제야 아버지가 왜 이 사실을 나에게 있는 그대로 말해 주지 않았는지 알 수 있을 것 같았다.

초등학교 3학년 때인가, 케이블 채널에서 '고전 명작 영화' 시간에 방영해 준 〈여고괴담 1〉을 본 적이 있는데, 귀신이 화면 쪽으로 쿵쿵쿵 다가오는 장면에서 나는 기절할 만큼 놀란 적이 있었다. 그러자 순간 아파트 옥상으로 벼락이 내리치고 돌풍과 함께 비가 쏟아졌다. '게릴라성 호우'가 왔다고 그날 저녁 뉴스에도 나온 사건이었다.

그러니 만약 나에게 그런 힘이 있다는 것을 다들 알게 되면, 정부에서는 나를 붙잡아 가뭄이 들 때마다 공포 영화를 보여 줄 것이다. 익숙해지면 더 무서운 영화를 보여 줄지도 모른다. 한국 정부에서만 그렇게 이용하는 게 아닐 수도 있다. 한국 정부는 나를 다른 나라 정부에 팔아먹을 것이다. 어디에 나를

묶어 놓고 끝없이 감정을 헤
집어 놓으면서, 사하라 사막을 푸
른 초원과 농장으로 바꾸는 사업에 오
랜 기간 임대할지도 모르는 일 아
닌가?

　　나는 아버지 몰래 좀 더 나 자신에 대
해 추적해 보았다. 나는 어머니의 외할머
니의 외할머니가 용이었다고 생각한다. 그리고 몇
대를 거쳐 보통의 남자들과 엮이며 이어져 내려온
자손이 나라고 보고 있다. 그 이유는 아버지 쪽 족
보에서는 조상이 쭉 확인되지만, 어머니 쪽 족보에
서는 증조할머니 위로는 아무리 찾아봐도 기록이
안 나오기 때문이다.

　"증조할머니가 교회에 다니기 시작하면서 제사

를 안 지냈다던데, 그때부터 족보 그런 것도 관리를 제대로 안 해서 그래."

어머니는 그렇게 설명했지만, 적당히 둘러댄 말임을 나는 간파했다. 왜냐하면 어머니나 어머니 쪽 친척 중에서 교회에 관심 있는 사람이 전혀 없기 때문이다. 무엇보다 증조할머니 대에서부터 족보 관리를 안 했다면 그 이전의 족보는 오히려 더 명확히 남아 있어야 하는 것 아닐까? 또한 그쪽 친척들은 다들 대중목욕탕을 안 가는 취향을 갖고 있는데, 아무래도 몸에 있는 용 비늘을 숨기기 위해서 아닌가 의심이 들었다.

아버지가 예전에 "용 반 인간 반"이라고 푸념했던 것은 정확한 말이 아니었던 셈이다. 어머니에게는 그보다 훨씬 용의 유전자가 적다. 나는 더욱 적다. 만약 내가 정말로 절반이 용이었다면, 용으로 변신해서 날아갈 수도 있고 물속에서도 얼마든지 머물며 용궁까지 헤엄쳐 갈 수도 있을 것이다. 감정이 흔들릴 때마다 비바람과 천둥 번개가 일어나는 것이 아니라, 필요할 때 필요한 만큼 자유롭게 비와 번개를 부를 수 있을 것이다. 그게 아니기 때문에, 가끔 감정이 요동치면 비가 오고 남들보다 수영을 조금 더 잘하는 정도에 그치는 것이라고 나는 짐작했다.

"아빠, 그런데 정말 옛날에는 용이 있었을까?"
"용이 세상에 어딨어. 그리고 너, 용 이야기 같은 거 하지 말라고 했잖아."
"아니, 그게 아니고, 이거 폰 게임인데. 여기서 드래곤을 잡아야 되는데 말이야. 하다 보니까 생각이 나서."

내가 그렇게 핑계를 대자, 아버지는 흥분했다.

"무슨 용 나오는 게임이야, 그런 걸 왜 해? 용 나
오는 게임 하지 마."

"용 안 나오는 게임이 어딨어. 웬만한 게임에는
다 나오잖아."

"팩맨, 블록 깨기, 이런 거 해. 거기에는 용이 안
나오잖아."

"팩맨블록깨기가 뭔데?"

아버지는 팩맨블록깨기가 아니라 팩맨, 블록 깨기가 각각 다른 게임이라면서 그 둘을 보여 주었다.

"너무 단순하잖아. 진짜 쫄하다."
"쪼라다가 뭐야?"
"쫄하다, 쫄해."
"좀 복잡한 거 하고 싶으면, 제비우스를 하든가. 왜 용 나오는 게임을 하려고 하냐."

그리고 아버지는 제비우스라는 조그만 우주선이 나오는 게임을 보여 주고는 어쩌다 보니 본인이 빠져들어 하기 시작했다. 나는 아버지에게 용에 대해 내가 가지고 있는 생각을 이야기했다.

"그나마 최대한 과학적으로 생각해 본다면 이런

거 아닐까. 사실 용이라는 건 외계인인 거야. 약간 파충류 비슷하게 생긴 외계인. 그런데 어떻게 해서 지구에 정착해 살기로 한 거지. 그래서 자기들 우주선은 바다 속 깊은 곳에 숨겨 뒀어. 그게 용궁이고. 그리고 사람들 사이에 섞여 살기 위해서, 사람 모양을 닮게 몸을 개량한 거야. 뭐, 유전자 조작 같은 걸 해서. 그래서 용의 자손들은 용 반 인간 반, 그런 거 아닐까.”

한참 제비우스에 심취해 있던 아버지는 내 말을 듣더니 갑자기 나를 쳐다보았다. 조작을 멈추자 화면 속에서 날아가던 우주선이 그대로 폭파되었다. 아버지가 말했다.

“용궁이 바다 속에 숨겨 놓은 우주선이라고? 그

럴듯한데. 그 생각은 못 했는데 말이지."

아버지는 문득 진지한 표정으로 나를 보았다. 한동안 골똘히 생각하더니, 갑자기 나를 껴안았다.

"용, 용궁 같은 것에 관심 갖지 마. 재미난 책 보고 싶으면 그냥 사람들 나오는 거 보면 안 돼? 우리 아기 건강하게 무럭무럭 잘 자라야지."

그날 저녁 아버지는 밤새도록 인터넷을 뒤져서, 초등학교 고학년과 중학생이 재미있어할 만한 소설, 영화, '용'은 안 나오는 애니메이션의 목록을 만들어 주었다. 그렇게 해서 나는 흘러간 텔레비전 드라마를 볼 때에도 〈용의 눈물〉은 보지 않고 〈대장금〉을 보았고, 중국 작가 김용의 소설을 읽을 때에도 『의천도룡기』는 보지 않고 『사조영웅전』만 보았고, 옛날 일본 만화를 보아도 〈드래곤볼〉은 보지 않고 〈슬램덩크〉만 보았던 것이다.

조용히 문제없이 중학교 시절을 보내기 위해 나는 노력했다. 그냥 노력했다는 말로는 부족하다. 감정이 휘몰아치고 흥분할 일이 숱하게 많은 것이 중학교 시절 아닌가. 그러지 않으려고 나는 온 힘을 다했다.

부모에게 소리 지르고 반항하면서 가출을 하네 어쩌네로 한판 하고 나면, 주변 일대는 집중 호우로 커다란 재난을 입는다. 홍수를 일으켜 사람들의 집을 부수고 논밭을 망치겠다고 일부러 한 일은 아니라고 해도, 결국 나라는 사람의 감정이 움직였기 때문에 그런 일이 생긴 것이다. 나는 그것을 알고 있었다. 그러니, 방에 물이 들어차서 살림을 모조리

날린 사람의 뉴스를 울적한 표정으로 보고 있을 때, 아무리 어머니가 "네가 어떻게 할 수 있는 일이 아니야."라고 해도 착잡한 마음은 사라지지 않았다.

그래서 나에게는 마음을 가라앉히기 위해 여러 방법을 익히는 것이 삶의 거의 절반이었다. 정신 없이 자라는 아이들이 서로 엉망으로 엉기는 학교라는 작은 사회에서 마음을 가라앉힌다는 것은 거의 불가능에 가까웠지만 어떻게든 해 보려고 했다.

감정이 물결칠 때마다 불경의 한 구절을 속으로 반복해서 외우기도 했고, 주기도문을 읊기도 했다.

처음부터 잘된 것은 아니었다. 옆 반의 껄렁한 놈이 싸우자고 나를 끌어냈을 때는 특히 심각했다. 그놈과 그 패거리에게 두들겨 맞고 비굴하게 엎어져 있던 때가 기억난다. 당연하게도 비가 쏟아졌다. 빗속에서 그놈은 "비 오는데 먼지 나게 맞아 볼래?"라며 족히 제3공화국으로는 거슬러 올라갈 법한 농담을 내뱉으면서 실실 웃었다. 비는 더 거세게 내렸고 번개도 치기 시작했다. 서너 대쯤 맞았을 때, 그놈과 그 패거리의 머리통에 번개가 내리쳤으면 좋겠다고 생각했다. 어떻게든 참는 것을 그만두면, 한 발짝만 나가면, 확 놓아 버리면, 실제로 그렇게 만들 수도 있을 것 같았다. 그들을 모두 없애 버려도 내가 그랬는지 누가 알겠는가? 벼락을

맞아 죽은 놈들인데?

그러나 결국 그날 벼락을 맞아 죽은 사람은 아무도 없었다. 십오 년 만에 큰비가 왔다는 정도로 기상청의 기록이 갱신되었을 뿐이다. 이렇게 참고 사는 법을 익히는 게 내 사춘기의 가장 큰 고충이었다.

나는 마침내 나만의 방법을 찾아냈다. 몇 가지 방정식을 머릿속에 떠올리고 계산하는 특이한 방법이었는데, 상당히 잘 먹혔다. 그 후로는 벼락을 맞을 만한 사람들을 만나도 단지 찌푸린 하늘에서 가랑비가 내리는 정도로 끝낼 수 있었다.

물론 모든 문제가 말끔히 해결된 것은 아니었다. 과학을 배워 나가면서 차차 나는 도대체 어떻게 갑자기 비가 내리게 만드는 것인지 진지하게 궁금해졌다. 구름은 습기를 머금은 공기

가 움직이다가 생기는 것이고, 그것이 응축되어 덩어리가 커지느냐 아니냐에 따라 비가 내리는지 아닌지가 결정된다. 즉, 구름이 생기고 비가 내리는 것은 기압과 열을 조종해야만 가능한 것이다.

이것은 아주 이상한 일이었다. 내 마음속 감정이라는 것은 머릿속, 그러니까 뇌에서 일어나는 일이다. 뇌 속의 신경 세포는 어떤 것은 전기를 가지고 있고 어떤 것은 가지고 있지 않다. 그 조합이 복잡하게 얽혀 있는 게 바로 감정이다. 그런데 그게 어떻게 영향을 주기에 저 멀리 몇 천 미터는 떨어진 하늘 위의 압력과 열을 조종할 수 있는 걸까? 현대 과학으로 그것을 설명할 수 있을까? 그 원리를 이해한다면 훨씬 더 성능 좋은 통신 장치를 만들 수도 있지 않을까? 사람의 감정을 전기나 열로 측정해서 읽어 내고 기록하는 장치를 만들 수도 있지

않을까?

좀 더 깊은 단계의 문제도 있었다. 비를 내리게 할 수 있다는 것은 그 많은 공기의 압력과 열을 내가 조종할 수 있다는 뜻이고, 그것은 아주 큰 에너지가 필요한 일이었다.

세부적인 원리를 떠나서 내가 비를 한 번 내리게 할 때마다 아주 큰 에너지를 쓰는 것만은 분명하다. 그렇다면 도대체 그 에너지는 어디서 오는 걸까? 내가 먹는 밥이나 빵에 든 에너지로는 어림도 없다. 원자력을 이용하는 것일까? 그렇다면 내 머릿속에는 감정에 따라 핵반응을 일으키는 세포라도 들어 있는 것일까? 그럼 어떻게 나는 방사능을 견딜 수 있을까? 원자력이 아니라 아예 혁명적인 다른 에너지는 아닐까? 암흑 에너지나 진공 에너지를 활용하는 것일까? 그런데 이것은 열역학

법칙을 근본적으로 위배하는 것 아닌가?

과학의 근본 원리와 인류가 세계를 이해하는 방식 자체를 바꿔 놓을지도 모르는 중대한 문제의 해답이 내 머리 속에 있다는 생각을 중학교 2학년 때 하지 않은 것은 아니다. 하지만, 결국 중학생에게 그런 질문은 그렇게까지 중요한 문제가 아니었다. 나는 참고 살고, 잊고 지나가는 법을 누구보다 잘 단련한 청소년이었다. 그 정도야 뭐, 나중에 나중에 정 먹고살 길이 막막해져서 노벨상 상금이라도 필요하게 되면 그때 고민해 보자고, 덮고 넘어갈 수 있었다.

문제는 내가 고등학생이 되면서 전혀 엉뚱한 곳에서 생겼다.

사랑에 빠진 것이다.

2

그녀를 처음 봤을 때, 전기가 통했다. 조금의 과장도 아닌 것이, 진짜 번개가 치면서 하늘과 땅 사이에 8천 5백만 볼트의 전기가 통했기 때문이다. 예상치 못한 일이었다. 나는 옆 교실로 왔고, 자리에 앉아 수업 시작을 기다렸고, 그때 내 옆자리에 앉은 여학생이 고개를 돌린 것뿐이었다. 삼 년 동안 연마하고 단련한 마음을 가라앉히는 방법 따위는 아무 소용이 없었다. 그녀가 나에게 인사했다. 세상에 몰려드는 먹구름을 단번에 환히 밝힐 수 있는 웃음을 짓고 있었다.

"너도 이 수업 듣는 거야?"

그녀가 물었다. 비가 내렸다. 멈출 수 없이 비가 내리기 시작했다.

'창조 학습' 시간이었다. 우리 학교에는 창의적인 것처럼 들리는 것이라면 뭐든 하라고 여기저기 나랏돈을 마구 퍼 주던 시절의 유령이 남아 있었다. 일주일에 한 번 과학 연구실에서 약간 괴상한 수업이 진행되었다. 대부분은 적당히 우스꽝스럽

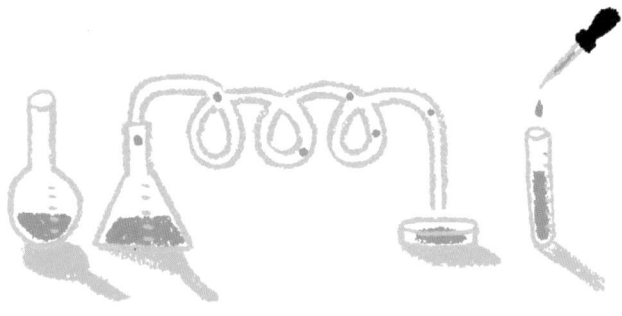

고 낯간지럽게 창조성을 흉내 내는 놀이였다. 그렇지만 우리 학교는 과학 특성화 고교로 지정되어 있었기에 돈이 꽤 들어가는 과학 수업도 이것저것 잘 벌이는 편이었다.

입학식 날 학교에 온 아버지 어머니는 학교에서 '과학 연구실'의 실험들을 선전하는 것을 보고 무척 그럴듯하다고 생각한 것 같았다. 특히 아버지는 크게 감동을 받았는지,

"화학 실험을 하는 장비가 거의 대학교 수준이네! 어지간한 대학보다도 나아 보인다! 야, 이 정도면 진짜 뭐든 다 만들 수 있겠다!"

라면서 좋아했다.

그런 말을 듣다 보니까, 나도 과학 연구실에서

하는 수업에 관심이 생겼다. 하지만 반대로 학교에서 뭔가 얕은 수로 학부모를 속이고 있다는 반감도 생겨서 정말 과학 수업을 들을 생각까지는 하지 않았다. 차라리 고전 문학 수업을 들을 생각이었다. 기우제를 하면서 읽는 옛 선비들의 제문(祭文)을 보면서, 누가 얼마나 심금을 울리는 문장으로 기우제 제문을 썼는지 직접 한번 느껴 보면 재밌겠다고 생각했다.

첫 번째, 두 번째 시간에는 듣고 싶은 수업을 골라 들을 수 있었기에 잠깐 구경이나 해 볼까 하고 과학 연구실에 들른 것뿐이었다.

"어, 나도…… 나도 이거 하고 싶어. 이거. 어……."

나는 그녀에게 얼간이처럼 말했다. 그리고 그날 이후로 과학 연구 수업을 듣기 위해 인생을 사는 듯 세상을 살게 되었다.

*

과학 연구 수업이 있는 날마다 내가 사는 지역에는 비가 내렸다. 한 달이 지나자 홍수 위험이 있을 정도로 비가 내리는 양이 많아졌다. 이래서는 안 되겠다고 생각했다. 머릿속으로 중얼중얼 방정식을 읊고 그 숫자를 열심히 계산하면서 모든 잡념을 잊겠다고 생각했다.

그러나 그럴 수가 없었다. 그녀를 볼 때마다 실패했다. 잊겠다던 잡념은 잡념이 아니라 내 삶에서 가장 중요한 생각이 되었다. 단지 보고 있기만 해도 아름답다는 생각이 물결처럼 계속 밀려왔다. 다른 사람의 말을 조용히 듣는 옆모습은 그윽했고, 잠깐씩 웃는 눈은 행복의 정수와도 같아 보였다. 세상이 울적하고 암담하며 비극으로 가득 차 있다고 설파하는 철학자에게 그것이 아니라고 보여 줄 수 있는 증거가 바로 여기 내 앞에 있다고 나는 생각했다.

*

가끔 고개를 돌려 나에게 말을 걸 때는 거부감 없이 편안한 태도였다. 내 입으로 감히 말하자면 나는 인상이 편하고 침착해 보여서 모르는 사이여도 말을 쉽게 걸 수 있게 생긴 편이었다. 지난 삼 년간 마음을 가라앉히기 위해 부단히 단련한 덕분이었다. 그날 나는 처음으로 그 노력에 감사했다. 나는 얼간이 같은 말투로나마 뭐라고 대답할 수 있었고, 걔는 다시 또 나에게 무얼 물어봤다. 그리고 비가 내리고 또 내렸다.

그녀는 언제 보아도 그 전보다 더 좋은 모습을 보여 주는 것 같았다. 자신감 있고 여유 있는 태도는 존경스러웠고, 가끔씩 당황하고 허둥거리는 모습은 친근하고 재미있는 성격처럼 보였다. 안경을 쓰고 책을 읽을 때에는 진지하고 성실해 보였고, 안경을 벗고 졸려하는 모습은 느긋하고 어른스러워 보였다. 신고 있는 구두도 우아해 보였고, 듣고 있는 음악은 세상에서 가장 신나는 노래였다. 어떻게 저렇게 세상의 좋은 것들을 잘 알고 있을까 싶었다.

서글픈 것은 나는 반대로 좋은 모습을 전혀 보

여 주지 못하고 있다는 사실이었다. 등짝에 있는 비늘 모양을 빼면 나는 주변 누구와도 다를 바 없어 보이는 남학생일 뿐이었다. 그 비늘조차 수업 시간에 보여 줄 수 있는 게 아니었고, 그걸 보여 준 대도 "야, 너 비늘 되게 멋있다."라고 좋아할 여자도 없을 것 같았다. 일주일에 한 번 하는 한 시간짜리 수업에서 옆자리에 앉는다는 걸 빼면 내가 그녀의 눈에 들 만한 장점은 조그마한 것조차도 없는 것 같았다.

굳이 인상을 남길 만한 걸 찾아본다면 일전에 코모도 도마뱀이 우리에서 풀려나온 일 정도였다. 창의성에 대한 의욕이 지나쳐서 들뜬 교사는 동물

을 관찰하는 시간을 가져 보자고 제안하면서 좀 특이한 활동을 해도 좋다고 바람을 넣었고, 나와 그녀와 같은 조였던 금희라는 아이가 그 생각에 지나치게 부합했던 것이다. 금희는 대단한 재력가 집안의 딸이라는 소문이 있는 학생이었는데, 누구에게 어떻게 부탁을 했는지 관찰 대상 동물이랍시고 사람 덩치만 한 코모도 도마뱀을 학교에 싣고 온 것이었다.

기껏해야 횟집에서 복어를 사 와서 관찰하거나, 한약방에서 지네를 구해 와서 관찰하는 옆 조에 비해, 코모도 도마뱀이 있는 우리 조는 확실히 관심을 끌었다. 교사 역시 손뼉을 치며 "나도 이거 처음

봐!"라고 즐거워하면서 도마뱀 옆에 머물고 있었다. 금희는 관심에 부끄러워하면서, 도마뱀의 발가락에 지문이 있는지 없는지 관찰한다며 도마뱀을 넣어 놓은 철창을 움직였다. 그런데, 그러다가 코모도 도마뱀이 그만 철창에서 튀어나오고 말았다.

코모도 도마뱀은 위협적으로 날뛰기 시작했다. 그 짐승은 자기를 쳐다보는 수많은 학생들과 그 학생들이 데려온 여러 동물들에 흥분한 상태였다. 함께 온 사육사는 마침 복잡하게 꼬여 있는 학교 안전 규정을 확인하느라 잠깐 자리를 비운 터였다. 학생들은 소리를 질렀다. 도마뱀의 뒤쪽에 있던 학생들은 물러서며 도망쳤고, 도마뱀의 앞쪽에 있는 우리는 구석으로 몰렸다.

나는 그녀가 겁에 질려 있는 모습을 보았다. 나는 도마뱀 앞으로 나섰다.

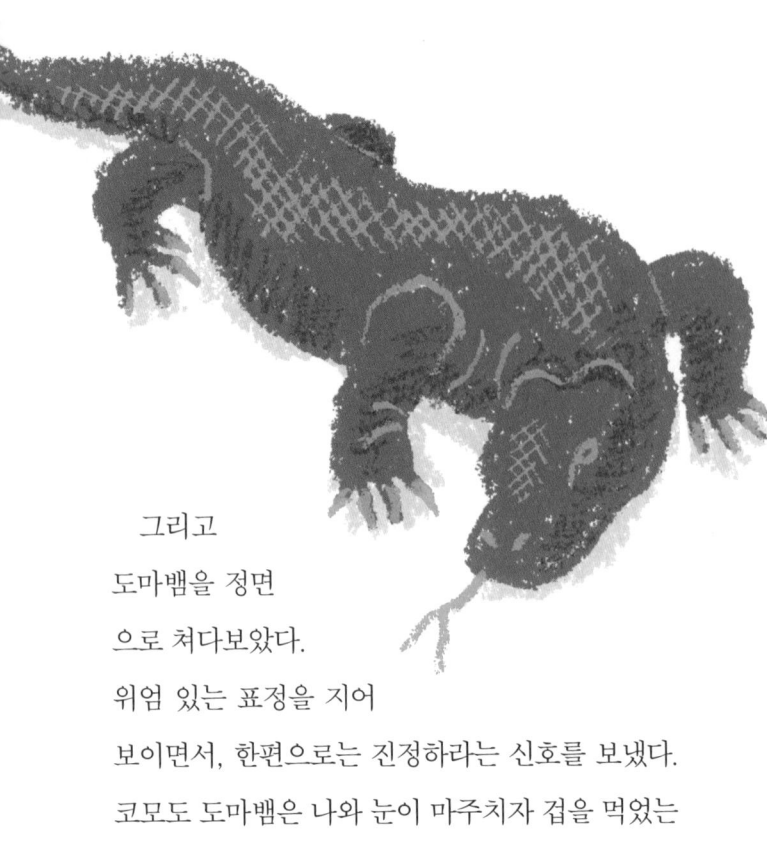

　그리고
도마뱀을 정면
으로 쳐다보았다.
위엄 있는 표정을 지어
보이면서, 한편으로는 진정하라는 신호를 보냈다.
코모도 도마뱀은 나와 눈이 마주치자 겁을 먹었는
지 움직임을 멈추었다. 그것의 두 눈이 내 눈의 이
곳저곳을 한동안 관찰했다. 나는 강한 눈빛을 보이
려고 했다. 실제로 용의 눈빛을 본 적은 없었지만,

그와 가장 가까운 표정을 지으려고 했다. 나는 아버지를 타박하는 화난 어머니의 눈빛을 따라했다. 코모도 도마뱀은 이내 고분고분 바닥에 엎드려 몸을 움츠렸다. 그러고 나서 사육사가 나타날 때까지 내가 쳐다보는 동안 그대로 돌이 된 듯 깍듯이 고개를 숙이고 있었다.

*

그게 그날 일의 전부였다. 금희는 내가 어떤 묘한 방법으로 코모도 도마뱀을 진정시킨 거라고 믿고 있었지만, 그저 우연이라고 생각하는 사람들도 많았다.

그다음 주에 나는 그녀는 어떻게 생각하는지 눈치를 보았다. 하지만 그 일을 그다지 큰 사건으로 기억하고 있는 것 같지 않았다.

하기야, 파충류 동물을 눈빛으로 제압하는 기술 따위가 현대 사회에 무슨 큰 쓸모가 있겠는가? 길바닥에 뱀들이 널려 있어서 남녀가 같이 길을 걸을 때 남자가 뱀을 한쪽으로 잘 치워 주는 것이 매너 있다든가 하는 사회는 아니니까 말이다. 내가 용의 자손입네 하고 정체를 밝히고서 본격적으로 그 원리를 연구한다면, 또는 땅꾼을 직업으로 삼는다면 모를까, 무의미한 재능이었다. 어릴 때 수족관에 들어섰을 때, 물속을 헤엄치던 거북이들이 일제히 내 쪽을 바라보는 걸 재미있다고 생각한 적은 있었다. 하지만 소방서에서 파충류 전문 포획꾼을 고용한다는 공고를 본 적도 없고, 파충류 학자가 되려고 해도 동물의 생태를 있는 그대로 연구하는 데 방해만 되는 재주였다.

내가 할 수 있는 일은 불쾌감을 주는 인간은 되지 말자는 것 정도였다. 적당히 친근해 보이되 추근거리지 않기로 했고, 편안하면서도 따분하지 않은 사람이 되려고 했다. 그것만도 쉽지 않았다. 그러니, 나는 결코 그녀와 잘될 리는 없다는 절망에 빠져들었다.

"지난번 우리 보고서, 너무 쫄했어."
"쫄하다고?"
"뭔지 알잖아. 너도 많이 쓰는 말인데."
"내가 언제?"

그녀는 내가 쓰는 말을 따라하는 것이 재미있는지 같이 키득거리고 웃었다. 그러는 동안에는 만사 다른 생각 없이 그저 재미있기만 했다. 그렇게 웃고 떠들다가 갑자기 문득 머릿속에서 확 타올랐다. 나는 그녀를 사랑해. 그렇다면, 그녀는 나를 어떻게 생각하고 있을까. 어떻게 하면 그 생각을 좋아하는 마음으로 이끌 수 있을까. 점차 심각하게 고심하게 되었다. 달리 방법은 없었다. 그녀가 한 번 미소 지을 때마다 갖게 되는 희망은, 집에 와서 돌이켜 보면 결국 오해라고 생각되어 못나게 달라붙는 불편한 인간이 되고 말았다.

애달픈 마음은 나날이 깊어졌지만 그만큼 그녀를 만나는 시간은 매번 기쁘고 가슴 두근거리는 일이었다. 속절없이 평균 강수량만 계속 늘리는 세월이었다.

*

그 무렵부터 나는 기상청 사이트에 익명으로 게시물을 올리기 시작했다. 몇 월 며칠, 몇 시에 비가 올 것입니다. 그녀를 만나는 시간이 정해지면 이틀, 사흘 앞서서 기상청에 알렸다. 홍수 피해가 지나치게 심해지는 것을 막기 위해서 그나마 내가 할 수 있는 방법이었다. 나는 아마추어 구름 관측 동호회 회원으로 위장하여 익명의 게시물을 올렸는데, 적중률이 완벽한 수준이었기 때문에 그해 가을 무렵부터는 기상청 직원들 몇몇이 나의 게시물을 신비로운 수수께끼로 여기기 시작했다.

일기 예보에서 비가 내릴 확률이 0퍼센트로 나왔어도, 내가 비가 내릴 거라는 게시물을 올리면 점심 내기를 하는 기상청 직원들도 있었다. 어떤 사람들은 기상청의 슈퍼컴퓨터를 믿었고, 어떤 사람들은 내 사랑을 믿었다.

나를 믿은 사람들은 항상 이겼고, 두 번 세 번 그런 일이 거듭될수록 관심은 더 커졌다. 그러는 가

운데 기상청에서 우리 동네의 강수량과 강수 빈도가 극히 비정상적이라는 사실을 주목했다. 나중에 알게 된 사실이지만 어떤 직원 한 명은 정상적인 대기 순환 모델로는 그것이 도저히 설명이 안 된다는 것을 계산해 냈고, 그래서 인공 강우를 일으키는 인위적인 특수 조건이 형성되었을 수도 있다고 상상할 정도였다.

"인공적으로 날씨를 바꿀 수 있는 비밀 무기를 개발해 바로 여기서 실험하고 있는 것은 아닐까?"

*

더 진실에 가까운 것을 눈치챈 사람은 아버지였다.

아버지도 처음에는 오판을 했다. 우리 동네에 유난히 비가 많이 내리는 것을 알고 처음에는 어머니에게 따졌다.

"너, 나 몰래 또 주식하는 거 아니야? 주식에 마음을 다 뺏긴 거 아니야?"

"주식은 무슨 주식이야. 이제 절대 안 한다고 했잖아."

"지난번에도 절대 안 한다고 해 놓고 했잖아."

"그때는 '절대' 안 한다고 한 건 아니야. 그냥 안 한다고 했지. 그리고 이제 진짜 절대 안 한다니까."

"정말 안 하는 거 맞아? 지난번에도 몰래 했다가 엄청 잃고 안절부절못했잖아."

"그래서 안 한다니까. 피곤하게 정말 왜 그래. 통장 거래 내역 다 보여 줘?"

대화를 하는 중에 하늘에 짙은 먹구름이 껴 금방이라도 천둥이 울릴 것 같았다. 아버지는 그러고 나서도 한동안 어머니를 의심했지만, 어머니가 몇 번 더 강하게 부인하자 나자 결국 주식을 하지는 않는다고 결론을 내렸다.

그러고 나서 아버지는 이모라든가 외할머니 등 외가 쪽 친척을 캐고 다녔다. 그러다가 내가 텔레비전을 보는 모습을 보고 한 가지 단서를 읽어 냈다. 작년에는 전혀 듣지 않던 노래를 유독 관심 있게 듣는 걸 눈치챈 것이다.

그날 밤 아버지는 〈아파트 열쇠를 빌려드립니다〉라는 옛날 흑백 영화를 보았다. 나더러 같이 보자는 걸 거절했지만 거실에 앉아 있기는 했다. 영화의 시작 부분은 자식에게 별로 보여 줄 필요는 없지 않나 싶은 내용이었다. 겉으로는 멀쩡해 보이는 사람들이 사실은 바람을 피우고 사기를 치고 다닌다는 이야기였다.

그러나 내용이 진행될수록 나는 곁눈질로 보던 그 영화에 빠져들었다. 비정하고 각박한 도시와 순

박한 소시민의 모습이 대비되었고, 얄팍하고 치졸한 욕심과 애틋한 동경이 대비되었다. 서로 다른 두 가지 면모가 한 사람, 한 가지 이야기로 엮여 펼쳐지고 있었다. 쉴 새 없이 농담을 주워섬기는 코미디였지만 동시에 안타까운 사랑 이야기였고, 애절했다. 주인공 잭 레먼이 약속이 있다며 건물을 나서는 장면에서는 나도 모르게 화면을 향해 탄식까지 했다.

이 모든 장면을 옆에서 지켜본 아버지는 결론을 내린 것 같았다. 아버지는 다음 날 아침 식사로 우유를 마시다 말고 대뜸 말했다.

"좋아하는 여자 있으면 좋아한다고 말하는 거야. 어릴 때 그런 고백도 해 봐야지. 하다 못해 망해도 피해도 적고. 그 뭐냐, 첫사랑은 다 안 된다고 하잖아. 그러니까 좋아한다고 저질러 놓고 거절당하면 그러려니 하면 된다니까. 다들 그런 거거든. 그런 걸로 놀리는 사람도 없고. 설령 놀리는 사람이 있다고 해 봐야, 걔가 이상한 거지."

"무슨 소리예요? 뭐가 첫사랑이에요."

나는 아버지에게 소리를 지르고 집에서 나왔다.

아닌 척하고 나왔지만, 일단 아버지한테 그 말을 듣자 그 말이 머릿속 깊은 곳까지 바로 파고들었다. 그녀에게 좋아한다고 말하는 것이다. 그리고 거절당해도 괜찮다. 등굣길 내내 그 생각을 떨치기

어려웠다. 그 생각조차 달콤하게 느껴졌다. 아무것도 구체화된 계획이 없는데도 그 말만으로 막연히 가슴이 뛰었다.

*

그날 수업 시간표는 문학, 수학, 영어, 화학 등이었지만 「관동별곡」이나 2차 함수의 그래프 따위는 전혀 눈에 들어오지 않았다. 나는 오직 그녀에게 고백한다는 그 생각만 했다. 그럴수록 생각은 커지고 커져서 떨치기 어려웠다. 지금 정확히 설명하려면 마땅히 방법도 없지만, 그때는 "일단 말해. 고백하고 거절당해도 그게 정말 좋은 것이다."라는 말이 뭔가 구름 사이로 비치는 한 줄기 빛과 같았다. 결국 언젠가 그 빛을 향해 나아가야겠다는 생각이 들었다.

결심을 한 나는 어떤 방법으로 고백할지 생각했다. 풍선과 촛불을 사서 어쩌고저쩌고 잔치를 여는

방법부터, 멋있는 글씨체를 연습해서 편지를 쓰는 계획 등 다양한 방법을 궁리했다. 한편으로는 다른 문제도 같이 생각해야 했다. 거절당하는 그 순간, 몰아닥칠 폭우에 대해서도 대책을 세워야 했던 것이다.

나는 기상청과 시청에 글을 올렸다. 국지성 폭우가 점점 더 심해지고 있으므로, 갑자기 폭우가 쏟아질 때를 대비해서 하천에 만들어 놓은 홍수 방지용 둑을 더 높고 튼튼하게 긴급 보수해야 한다는 내용이었다. 올해 내내 아무도 예측하지 못했던 갑작스러운 비를 완벽하게 예측한 사람이 바로 나라는 사실도 밝혔다. 처음에는 기상청에서도 시청에서도 아무 반응이 없었지만 한 주, 두 주가 지나는 동안 내가 또다시 비 내리는 날을 정확히 맞히자, 비록 알맹이 없는 형식적인 답변이었지만 답을 주었다.

나는 꾸준히 글을 올리며 둑을 쌓아 달라고 거듭 요청했다.

　　"지금까지보다 훨씬 더 심각한 폭우가 내릴 것으로 예상됩니다. 반드시 둑을 보수해야 합니다."

얼마 뒤에 나는 "선생님, 시청 방재팀 직원과 기상청 담당자들이 전부 모이는 자리를 주선할 테니, 한번 만나서 이야기 하시죠."라는 답변을 들었고, "최대한 빨리 진행하겠습니다만, 금년은 예산 부족으로 어렵습니다."라는 답변도 들었다.

결국 우리 시(市)의 이상한 기후를 전국의 텔레

비전 방송에서 특집으로 다루면서, 이것이 무슨 정권 때의 무리한 토목 공사와 관련이 있다느니, 무슨 정권 때의 지구 온난화 대응 전략과 관련이 있다느니 하는 이야기가 나왔다. 그때가 되어서야 기상청이 아니라 시에서도 움직이게 되었다.

나는 제방 공사가 끝나기만을 기다렸다. 저 둑이 보수되면, 나는 말할 것이다. 거절당했을 때 휘몰아칠 폭우를 견뎌 내려면 둑이 완성될 때까지 기다려야 했다. 그날이 오면, 그저 담백하게, 그렇지만 존경과 존중의 태도를 담아 고백할 것이다. 나는 등교할 때마다 길을 돌아 하천가로 가서 둑을 공사하는 모습을 확인했고, 공사 완료일 안내 간판에 진척 상황이 표시되는 것을 살폈다.

마침내 둑의 보수가 끝났고, 나는 그다음 날 고백하기로 결정했다. 가장 친한 친구에게도 말하지 않은 것을 기상청에는 전날 미리 알렸다. 마음은 비장했다. 얼굴이 빨갛게 변하는 것을 참으면서 세상 우스운 꼴로 겨우 좋아한다고 말하고, 그리고 그녀의 상큼하고 예의 바른 거절을 듣는다. 속은 후련하지만 동시에 무너지는 마음을 상상해 보았다.

나는 내일 폭우가 내릴 수 있으니, 단단히 주의하라고 기상청에 말해 두었다.

출판사에서 입수한 주인공의 이야기는 여기까지가 끝입니다.
이다음부터는 이후의 상황에 대해 조사한 곽재식 작가가
직접 저희 출판사 편집부에 말씀해 주신 내용을 기록한 것임을
밝힙니다.

다음 날 오후, 기상청으로 한 통의 긴급 전화가 걸려 왔다.

어쩔 줄 몰라 하는 감정으로 흔들리고 있었지만, 기분은 대단히 좋아 보이는 목소리였다.

내용은 다음과 같았다.

"얼른 주민들을 대피시키십시오. 당장 대피해야 합니다. 비가 많이 내릴 겁니다. 엄청나게 많이 올 겁니다. 걔도 나를 좋아하고 있었대요. 걔도 나를 좋아하고 있었다니까요! 둑이라고 쌓은 시멘트 덩어리 정도로는 상대도 안 될 거란 말입니다."

나는 이야기의 주인공인 그 학생이 비가 오는 것을 최대한 분산시키기 위해 버스와 기차를 타고 가능한 한 먼 거리로 이동했다고 추측하고 있다.

그 학생은 들뜬 마음이 가라앉을 때까지 한동안 학교를 결석하고는 가뭄으로 고생하고 있는 나라들을 여행하고 다녔다고 한다.

곽재식

혼자서 외롭게 걷고 있을 때 비까지 내리면
무슨 생각을 해야 합니까?
보고 싶은 사람이나 떠오르는 사람이 있다면,
지금 그 사람도 같은 비를 맞고 있겠지,
생각하면 힘이 날 때가 있습니다.

소설의
첫 만남 14

이상한 용손 이야기

초판 1쇄 발행 | 2019년 6월 21일
초판 7쇄 발행 | 2023년 1월 9일

지은이 | 곽재식
그린이 | 조원희
펴낸이 | 강일우
책임편집 | 정민교
펴낸곳 | (주)창비
등록 | 1986년 8월 5일 제85호
주소 | 10881 경기도 파주시 회동길 184
전화 | 031-955-3333
팩시밀리 | 영업 031-955-3399 편집 031-955-3400
홈페이지 | www.changbi.com
전자우편 | ya@changbi.com